近藤八重子詩集

仁《に》淀《など》ブルーに
生かされて

コールサック社

近藤八重子 詩集

仁淀《によど》ブルーに生かされて

目次

一章　仁淀《によど》ブルーに生かされて

二章　白水仙

三章　深深と

四章　伝言

近藤八重子詩集

仁淀《によど》ブルーに生かされて

一章　仁淀《によど》ブルーに生かされて

仁淀《によど》ブルーに生かされて

四国の三大河川の一つ
高知県の仁淀川
源流に近い仁淀川の流れは
青空の青と
森の緑をミックスさせた色彩
仁淀ブルーと呼ばれ
観光スポットとしても有名

太陽の光を浴びれば明るく
曇り日は深く

雨の日は濃くなる仁淀ブルー
自然豊かな山々から生まれ出る水は
透明で
夏でも背筋を伸ばしたくなる冷たさ

仁淀ブルーは
自然界からの贈り物
人々の心は清らかに安らぎ
生きている喜びを伝える

三つの故郷

私には三つの故郷がある
生まれ育った町
愛媛県宇和島市
子育てをした町
愛媛県八幡浜《やはたはま》市
晩年を過ごし始めた
高知県高岡郡佐川町

城下町宇和島は終着駅
鬼ヶ城山が聳え

若い頃よく友達と登った山
二人の息子たちが生まれる前日には
何故か鬼ヶ城山の頂から
サッカーボールほどの真っ赤な火の玉が
メラメラ燃えて
私のお腹めがけて入り込んだ奇妙な体験をした町
あの火の玉を受け入れた二人の息子たちは
現在　大阪の地で時代の先を走っている

港町　八幡浜は
海の香りとミカンの香りがした町
海辺で話す漁師さんたちの声は大きく
初めは喧嘩が始まったのかと勘違いしたほど

夫の退職を機に高知に移住して早や三年目

高知に来て
眼科医も歯科医も苦痛なく素早く治療が終わる
ＭＲＩ《エムアールアイ》の脳検査も電磁波音も静かで

受ける時間も短い
これほど医学の進み方に差を感じると
病への不安も軽くなり
安心感が広がり　老いへの道も明るくなった

三つの故郷で出会った人たちは皆明るく親切
今尚
ありがとうの感謝を込めて交流は続いている

天狗高原

右は愛媛県
左に高知県の山並が
眼下に広がる天狗高原
時には
雲海が山並みを覆い
天狗高原は雲の上

天狗が腰掛ける木は
一本もなく
野原が一面広がる

その真中を一本の長い車道が走り
下った先には
牛が放牧されている

ぽつん　ぽつんと
人が一人座れる大きさの白岩が
句読点のように散らばっている

どこまでも広がる平和な青い空
どこまでも開ける健やかな草原
ただそれだけの贅沢な空間

辛いとか苦しいとか忙しいとか
そんな感情はほど遠く
魂は広々とした風景に溶け

無に変わる

春になればタンポポの黄色い絨毯
野アザミの淡いピンクの絨毯《じゅうたん》が敷かれ
牛の放牧地帯はミドリ一色

強いとか弱いとか
そんな心情も
天狗高原の春風が
やさしく包んで通り過ぎてゆく

宇和島のさくら

桜の花が咲き始めると
城下町宇和島は
四月三日、四日は節句として
会社は全て休み
まだ幼かった私は
振袖を母に着せてもらい
藤の花房が揺れるかんざしを髪に挿し
厚底の鈴が埋め込まれた
ポッコリ下駄を履き
二十代の母も

絞りの着物に西陣織の帯を
キリリと締めて
お洒落を楽しんだ若い父と共に
近くの神社の境内へ
桜見物に出かけた

満開の木の下にゴザを敷き
全て母の手作りであった
巻き寿司、イナリ寿司、羊羹《ようかん》にタルト
三段重箱にギッシリ詰まっていた御馳走に
舌鼓をうった
重箱には
貝殻職人が腕を競った
花模様の絵柄は見事に輝いた

あちらこちらの満開の桜の木の下では
割箸を折って鼻に挿入し
ザルを両手にドジョウ掬いをする人
弛んだ腹に
オカメの絵を描いて
腹踊りをする人
その人たちを囲んで笑いの渦が起こった
今はあの桜の木たちも伐採され
コンクリートの駐車場に

私の庭の三本の吉野桜
今宵は満月
夜桜見物と楽しみましょうか

天赦園《てんしゃえん》

今は亡き母とよく訪れた
故郷・宇和島の天赦園

天赦園という名は
伊達正宗の詩の一句
「残軀天所赦」
から取ったものだと伝えられている

伊達正宗の子・秀宗が
十万石の領土として宇和島城に入り

秀宗の子・宗利が二代藩主となり
浜御殿として
天赦園を創始したと言われている

現在の天赦園は
昔の池泉庭の南の方の一部分
その庭を立派に改造したのは
七代藩主・宗紀

宗紀は勘定与力・五郎左衛門に命を下し
江戸や大坂から
有名な庭師を呼んで
現在の天赦園が出来上がったと伝えられている

宗紀は竹と藤に大変興味を示し

ダイミョウ竹・キッコウ竹・キンメイ竹など
数多くの竹を集めて植えている

藤の花に関しては
いたる所に様々な形の藤棚を造って
カメイドフジや白フジなどを楽しんだ跡が
今尚残っている

過ぎ去って行く時の中で
歴史が物語る庭園・天赦園
無言の境地で
現在を湛《たた》えている

伊《い》方《かた》原発と地震

真夜中
暗闇の中で　ユッサユサ　家が揺れ始めた
体が揺れ
心が震える
静けさを引き裂いて
携帯電話から
　地震です　地震です　身を守ってください

枕元の懐中電灯を照らし
我が家で一番安全な玄関行きのドアを開ける

揺れが落ちつくと　テレビをつけ
震度を確認
　五弱で津波に注意だって
へェ〜　一メートルも波が来たら
この家浸かるね
まあ〜　大丈夫やろ

布団に潜り込んで何分過ぎただろう
また　ユッサユサ　家が揺れる
不安が起き上がる

そんな繰り返しの夜
海を隔てた九州では
家が潰れ　尊い命が次々と奪われている

伊方原発が存在するこの地に
想定外の地震が起きませんように……
夜が明けても
余震は小刻みに続いた

スカイブルーの空の下

残暑の暑さと
時折吹く初秋の風が
仲良く戯れる九月

二〇一八年も豪雨がやって来て
多くの尊い生命を奪い
人間の無力を思い知らされた
後片付けの
水風船みたいな多細胞から出来ている人の
体から

容赦なく水分を奪い取っていった灼熱地獄
命の危険という言葉を
何度もテレビは報道していた

四十五年前
今、私が住んでいる高知の山里も
豪雨に襲われ
町全体が一階上まで浸水した
水が引いた後
繰り返しやって来る自然水害に備え
川の氾濫を恐れた平屋の住人は
皆、二階を増築した

四十度越えの異常気象が続く七月の終わり
もぐらが土中から出て来て

木陰で涼をとっていたり
田の小川を泳いでいたりと
信じられない光景に
自分の視力を疑った夏
地上ばかりでなく
地中も狂い始めた現実
巨大地震の予兆かも……
いち早く知らせてくれるもぐらの行動に
為す術もない私がいる

河童《かっぱ》村

高知の四万十川を横目に走り
人里離れた山奥に
カッパ館があり
人力車を曳いたカッパの木彫りが
やさしく迎えてくれる

昔話に出てくるカッパは
人の足を摑んで
沼の底へ引きずり込んだり
人を誑《たぶら》かしたりと

悪い印象を与えるカッパだが
この村のカッパの造形たちは
家族愛
人間愛に溢れている

カッパの顔をした魚の欄干がある
小さな橋を渡れば
もうここはカッパ村
清い水のせせらぎに目を下ろせば
橋から吊るされたブランコに
カッパの子供たちが
心地良さそうに揺れている

カッパ館に入れば
ヒゲ面のリアルなカッパ

可愛いカッパに不気味なカッパなど
大中小並んで
陳列棚狭しと鎮座している

カッパ館の窓から東山に目を移せば
大岩・小石がゴロゴロした山肌に
木彫りのカッパたちが
それぞれのポーズで人間たちを見ている

キューリの取手で水が出る
ここはカッパ村
静かで湿っぽく
夕暮れ時は
怪しく妖気漂うカッパ天国

神の宿る樹

もう百年以上も
足を踏み入れたこともない
裏山を手入れする
武士の時代から受け継がれた山は
雑木が生い茂り
古木が横たわり
竹林の中に大木が聳《そび》える
チェンソーとパイプソーを手に
手前から伐採していく
草刈り機で

刈っても刈っても雑草が伸びる
裏山に続く道は
左官さんにコンクリート道にしてもらった

蛇や百足《むかで》が冬眠している間に
古木は運び出し
バサバサと小さい木から伐採していく
チェンソーが唸る
大木がドサッと横たわる
パイプソーで枝木を切り離し
山の境に盛り始める頃には
寒い中
汗が噴き出る

何日も何時間もかかって

昼間でも薄暗かった山が
少しずつ開けていき広場が出来る
その空間を
北風が嬉しそうに吹き遊ぶ
埋もれ重なっていた落ち葉も
百年ぶりの太陽の光に
カサカサと弾んで喜ぶ
チェンソーを受けつけない大樹は
神の宿る樹として残しておく
その数　数十体
いくつもの時代を
戦火に怯えることもなく育った大樹

平和な世でも
台風から家を守り

地震から土地を守り
今尚
天に向かって伸びている

神が宿る樹は
小鳥たちの営みを守り抱き
未来の平和に向って育ってゆく

神が宿る樹に触れると
摩訶不思議な感動が
旋律となって
体中を駆け巡る

山の春

山の中腹に
タタミ六畳ほどの白岩が
デンと鎮座している
この山の主である巨大な白岩は
木洩れ陽と戯れながら
風雨で身を清めた
気の遠くなるような年月を
白肌に染み込ませている

この白岩から少し離れた広場は

古人《いにしえびと》たちの墓場
土葬の時代の墓石たちは
どれも苔生《む》して
過ぎ行く時代の重さを物語っている
活躍した人の墓石は一段と高く
女たちの墓石はどれも低く
男尊女卑の風習が息づいている

啓蟄《けいちつ》がやってくると
山の土が蠢いて
土面が盛りあがり柔らかくなる
普通のミミズの十倍もある
紫色した大ミミズのカンタローが
土の中から顔を出す頃
小さな虫たちも

土壌から這い出る

頭上では
鶯が声高らかに春を告げ
さまざまな小鳥たちが木枝で囀《さえず》り
山は息を吹き返したように
賑やかになる

裏山の静と動

裏庭から
山へと続く道を造る
夫と私と
我が家に住みついた
三匹の野良猫しか通らない道
一メートル五十センチ幅の狭い道

夏には藪蚊や蛇
百足が出るから
虫たちが冬眠している寒い日に

花鋏・パイプソー・鋸《のこぎり》を使い分け
ガサガサ
熊笹を切り
孟宗竹を切り
ドサッドサッ
楠の木・椎の木を切り
杉の木を切る
水が流れた跡を辿って
緩やかな曲線道を造る

自己満足な細い山道が
少しずつ完成していく喜び
夜には
野兎や狸
猪も通るだろう

裏庭も動物たちの訪問で
賑やかになるだろう
裏山へと登る一本の細い道
静かなる小道
北風に揺れ動く樹木たち
静と動の狭間で
生かされている命の鼓動が
躍り始める

坂本龍馬の鯉幟

大きな川沿いに保育園があり
端午の節句になると
お父さん黒真鯉・お母さん緋鯉・子供の青い鯉幟が
若葉の風に三匹だけ泳いでいたが
年を重ねる毎に鯉幟は増え
今では一〇〇匹を超えるようになり
大きな川を跨《また》いで
二本のロープを弛《たゆ》ませ
勇壮に泳いでいる

鯉幟の仲間が増えることは　いいことね
押入れで眠っているより
皆に見てもらうことは　嬉しいことね
物を大切に活用する心が見えてくる

坂本龍馬　脱藩の道筋に一軒の家
庭先に青い鯉幟が二匹泳いでいる
あれ？
鯉じゃーないよ　鰹《かつお》だよ
高知だから鰹幟《かつおのぼり》か——
日本の未来は明るいぜよ　と行動した龍馬
日本晴れの空を泳ぐ鰹幟を見ちょいてや
今年で生誕一八〇年を迎える坂本龍馬の声が聞こえてきそう

いつか希望に満ちた日本晴れの空には
鯨幟《クジラのぼり》が豪快に泳ぐ
日が来るかもね

泉

水の女神機が棲むんでおられる泉
四十五年前
義母と一緒に
ホーレン草を洗ったことのある泉
泉の下流で
凍える日
長男のオムツを洗った冷たさ
厳しくやさしかった義母が亡くなって
何十年ぶりに訪れた泉
目の前の泉は

見るも哀れな姿になっていた

土砂が積もり
枯れ木、枯れ葉などが散乱し
僅かに小鳥の大きさの空間に
泉の顔が見えた

夫の退職を機に
二人して
枯れ木、枯れ枝、枯れ葉を取り除き
土砂や小石を掬い出し
周辺の石も整えた

その日から
腐敗していた水は

徐々に清水に生まれ変わり
陽が照る日は
キラキラ光って
生きる強さが輝いた

泉の緑の樹から鶯が鳴く
三月の朝の静寂《しじま》を破って
ホーホケキョ　ケキョ　ケキョ
春が来たよ
と弾んだ声で告げる

モネの庭

高知県北川村にある
モネの庭
フランス・ジヴェルニーの印象派画家
クロード・モネは
自宅の庭を生きたキャンバスとして
草花や木々を描いた人

北川村の「モネの庭」再現には
復興の第一人者
ジルベール・ヴァエ氏の協力があったと言う

北川村の深く淀んだ「モネの池」は
六月の雨を待っている
濁った水底から
浮かび上がるスイレンも
清らかな雨を恋しがる
自然の水流が存在しない
モネの庭

雑草と呼ばれる草花たちが
花壇で
誇らしげに咲いている
自然と人工が融合する
細く緩やかに続く山道には
ウグイスの声が響き渡り

蝶やヘビにも遭遇する

六月の雨が降れば
モネの庭の草や木たちは
黄砂や杉花粉を洗い流し
淀んだ池のスイレンも
清らかなる水面で
柔らかく雨粒に輝くだろう

足摺岬

高知最南端にある足摺岬
やぶつばきが群生する岬
花の咲く二月中旬
樹木に囲まれた曲がりくねった
長い長い道を車で走り抜けると
パッと開けて
ホテルなどが建ち並ぶ町に出た

案内所の広場には
日本人初の国際人、ジョン万次郎の銅像が

袴姿で凛《りん》と立っていた
その奥に続く道は
椿の花のトンネル
風もなく穏やかな曇り日
崖下から太平洋の荒波が聞こえてくる

船舶の安全を祈る
白く巨大な灯台の近くに
弘法大師が爪で彫ったと言われる
「南無阿弥陀仏」の文字がある大きな岩
その岩肌にそっと触れてみる
砕け散る波音と静寂
過ぎし日の切なさと
愛しさが蘇ってくる

「ほら見て、
向こうの山の樹々が皆同じ方向に傾いているだろう。
あれは強風に曝されているからなんだ」
彼と二人だけの天望台から見る景色は
生きる強さの象徴であった

ほかにも
波の侵蝕作用で出来た白山洞門など
名勝がたくさん存在し
足摺岬は
太平洋から押し寄せる荒波の飛沫
怒濤と共に
海の安全を祈り続ける灯台であった

金剛福寺

四国最南端の足摺岬にある
四国霊場第三十八番札所
金剛福寺に
岬見物の道すがら立ち寄った
椿の花咲く寒い日であった

真新しい白壁の分厚さの向こうに
三本の巨大な高さの鍾乳石が立っていた
何億年いやそれ以上と思う
気の遠くなるような積み重ねの結晶

乳白色岩肌は
スベスベと柔らかく生温かった

白い巨塔のように立つ鍾乳石へ導くように
道が造成され
その横には所狭しと紫岩や白岩が
見る人を圧倒するようにデンと在る
植物を寄せつけないこの庭は
白い拳ほどの丸石が敷き詰められていて
まさに死に人が通る河原の現代アートに思えた

この石ばかりの庭を守るように
観音菩薩さまが並んでおられる
微笑ましいお顔で薬壺を掌に載せた観音さま
ハスの花蕾を肩にかけた菩薩さま

どのお顔も優雅で気品に満ちていた
つい手を合わしてしまう
仏教の悟り
無宗教の私にとって
無我の境地であった

冬の陣 ――高知城にて

夜空にライトアップされた高知城は
チームラボ光の祭典で賑わう
天守閣に上れば
出陣のホラ貝が鳴り
太鼓の音と共に
人々の雄叫びが
ボリュームいっぱいに湧き上がる
冬の陣を思わせる振動に
北風が立ち止まり
高知城下の静と動がコラボする

戦がない時代に生まれた幸せ
命令で殺し合わなければならなかった
悲惨な時代が蘇ってくる
冬の陣を連想する大音響に
血潮が騒ぎ
平和のありがたさが心を包む

天守閣の入り口には
長く続く屏風に波の映像が
荒荒しく水飛沫《しぶき》を上げる

城の広場には
人の背丈ほどの光の卵形体が
ゴムマリの感覚で

色を変化させながら
所狭しと地面で浮遊する

石垣では
海や空・雪や花などの文字が
光と共に流れ落ち
蛍という文字に触ると
たちまち静かな曲と共に
蛍が飛び回る風景へと変貌する

雷《カミナリ》という字にタッチすれば
稲光の大音響とともに
稲妻が走り
嵐が再現される

チームラボとは
自然界の交差点を模索する
アート・サイエンス・テクノロジー
デザインが音楽とコラボして
浮かび上がる
ウルトラテクノロジスト集団

城は
戦という人間の醜さを秘め
冬の陣は
平和を踏みにじる愚かな行為だと
思い知らされた夜の祭典だった

栗林《りつりん》公園

東讃岐十二万石の領主松平頼重から
歴代の藩主へ次の藩主へと引き継がれ
そのたびに工事を重ねて
現在の大庭園になった栗林公園

一本一本丁寧に剪定されている
大きな松の木
どの松の木を見ても立派な枝ぶり
それぞれの趣がある大岩は
水戸光圀《みつくに》の子・頼常が

失業対策の一環として
造園に力を入れ
珍木・怪石などを高価格で買い集めた
と言われている

公園の南西部に
小普陀《しょうふだ》と称する石組が
残されている附近一帯は
家臣・佐藤道益の庭園だったらしい

領主・松平頼重が六十七才の時
養子として迎えた頼常に家督を譲り
頼重は持病療養のため
栗林荘に移り住んだが
娘の糸姫と共に

檜《ひのき》御殿を新造し
住んだのも僅か二年後には出家
その五年後、七十四才で亡くなった

栗林公園の歴史を
ひとつひとつ繙《ひもと》きながら
一般人の私たちが散歩できるという
恵まれた時代に生まれた幸せ
人は皆平等という嬉しい時代

南楽園

四国最大規模の日本庭園
現代造園技術を集めて築いた
南楽園は
上池・下池を中心に
四季折々の草木が花を咲かせる

春は梅の花から椿にハクモクレン
桜の花へと季節は移り
つつじに花菖蒲に紫陽花
藤の花棚が色を添える

夏には百日紅に夾竹桃
芙蓉がやさしく咲き乱れる
秋には彼岸花にノジギク
その上をモミジが赤く舞う

二つの池を結ぶ水面上には
赤い欄干の太鼓橋
白い石橋
木肌が伝わる木橋が架かり
その下を
大きな鯉たちが優雅に泳ぐ

以前は
園内にある大きな和食邸で
庭園をずっと見渡せる広い和室から

ゆったりと懐石料理を楽しんでいたが
今は
中国人の観光客予約で入れない
中国語で賑わう庭園に
時代の流れの速さを感じた

池の所々に点在する浮島に
ほっと心を預けたくなるのは
何故だろう
剪定技術の美しさが広がる日本庭園に
日本人魂の心意気が伝わる

二章　白水仙

桜坂 ——星ヶ丘病院にて

マスク姿の小さな顔に
ハラリ　ハラリ　と
さくら花

舞い散る花のその下を
幼き孫の車椅子
引いて爺さま曇り顔

春は来たのに
ここだけは

ホロリ　ホロリ　と
さくら花

明るい春は何処へやら
近代医学が見つけ出す
長いカタカナの病名を
覚え込めずに
さくら坂

春を告げる菜の花

油菜科の一・二年草
若い葉・若い茎は食用になり
種からは　なたね油が採れる花

黄色い菜の花が
山の斜面に一面
春が来たよ
と甘い香りを漂わせ
蜜蜂が戯れ
てんとう虫が羽を休めている

春のやさしい日溜まりは
菜の花が華やぎ
小さな虫たちの楽園
生きている実感が躍動する
さあ何らかの刺激を求めて
挑戦しよう
でも
失敗や後悔や屈辱を味わうかも知れない
それでも恐れず進めと
菜の花の妖精が囁く

失敗は傷つくのではなく
気づくことなんだ
失敗の価値は大きいんだと

春風もじいわり頬を撫で通り過ぎてゆく

菜の花の妖精たちが騒めく
マイナス思考から
プラス思考へ
それが生きる力の原点

生かされている

東の空が明らいで
太陽が新しい今日を連れてきた

庭で
猫が獲物を見つけて跳んだ
蜂を捕まえ　ニャンと鳴いた
蜂の針が刺さって
ギャーッと叫んだ
針を失った蜂は死んだ
地面に転がった蜂に

蟻が集まり
ワッショイ　ワッショイ
蟻の棲み処に向かって
担いで進む
蟻たちの賑やかな声が聴こえる
蜂の命が一瞬で消えた
哀しい現実
生と死の間で生きる者の厳しい掟

生きるっていうことは
簡単なようで難しい

朝の太陽はキラキラ輝いて
健やかな真新しい幸せを
降り注いでいる

今、私は生きている
生かされている
この喜びを誰に伝えよう

若葉

凍てつく寒さに耐え抜いた
落葉樹の芽たちが
次々と
二〇一八年の夏に向かつて
希望を膨らませている

陽の光を浴び
爽やかな風に戦《そよ》ぎ
生きている
躍動が漲っている

桜の花も散り
つつじへ夏椿へと
季節を譲《ゆず》る時の早さに
人生の儚さも重ねたり……

小枝の萌黄たちは
立ち止まることなく成長し
葉を広げ
昆虫たちの羽を休める枝へ
小鳥たちの憩う枝へ
互いに信頼という絆を深める時へ
向かつて進んでいる

人は生まれた時から

死に向かう
そんな淋しい言葉さえ
存在しない
若葉の力強さ
生きていく喜びを
謳歌している若葉

梅雨の夜の風物詩

令和となった新年
蛍が飛翔する季節がやって来た

蛍の成虫は短い命　七日ほど
草の上の露だけで
一生を終える儚い命

愛しく切ない蛍の灯火は
明るく光っては消え
灯して揺れては消え

深く湿った闇の中を
一瞬一瞬
魂を燃やし尽くしながら彷徨う

ふわり　スーッ……
ピカリ　スーッ……

この世から消えた数々の命を
悼むように
命の滴を集めるように
まあるく光っては
青白く消えてゆく

梅雨の夜の火の霊魂は
虫たちの

私たちの
儚い命の
厳粛な風物詩

思い出

七月の太陽はきつい
鉄板の上に汗が落ちると
ジュワーッ！　と一瞬にして消える
鉄の世界　造船界で
五十一年働き続けた夫
現在の造船界は
鉄板よりも強固なステン板になり
人の手では
切断出来ない厚いステン板を
ロボットが二十四時間

休むことなく切り続けている
燃料も多く消費しない進み方で
船の先端は
職人の手作業で細かく工夫され
日本の造船技術は世界一だと
外国の技術者も認める
時代の先を走る日本造船界
地味なようで
輝かしい進展を遂げている造船の工場長
として
夢の途中で去ることは辛かっただろう
家庭よりも
造船の魅力に生きがいを感じた夫
五十一年働き続けた体は歪み始めた
もう少し会社に残ってほしいという

ありがたい言葉を背に
若者に後を譲るという思いもあって
退職という決断をした夫

子育てをした海辺の町から
夫が生まれ育った里山の地へ
義父母が残した田や畑・山を世話しながら
自然の恵みをいただいている
まだ生かされている命の大切さ

一秒たりとも休みなく動いてくれている
自分の体の愛らしさ
七月の朝日もキラキラ輝く

木槿《むくげ》

自然の経過の一コマのように
真剣に生きて
咲いた重みを
惜し気もなく
ぽとり
あたりまえのような顔をして
地面に落ちる　ムクゲの花

一日花の栄華の儚さ
青春の短い輝きを秘めて

美しく咲いた花のまま
誇らしく
ぽとり
落ちてゆく初々しい花

さきほどまで
花びらを大きく艶やかに開いて
蜂や蝶に蜜を与えていたのに……
命の循環に満足したかのように
微笑みながら
ぽとり
自ら生を断ち切る潔い花

美少女とは
美しさが少ない女、とある人が言った

素直に
美しい少女
と読みたい心があって
美しく咲いた夏の花
ムクゲを一人静かに眺めています

＊木槿…アオイ科の落葉低木

蜩《ひぐらし》

かな　かな　かな
あの切ない声を聞くたびに
幼い日々が蘇ってくる

戦後
人々の暮らしは貧しかったけれど
心も人情も豊かで
年老いた人も　若い人も　子供も一緒に
泣いたり　笑ったり
隣も近所も

家族みたいに付き合っていた

夏の日々は
どの家も皆　戸を開けっぱなし
気分も開けっぴろげ
隅から隅まで　まる見えの家の中を
かな　かな　かな
の声は走り回っていた

かな　かな　かな
あの頃より
仲間もだいぶ減ってきたんだね
蜩も寂しいのだろう
私の心を夕闇へと誘う

夏の星座

今から約五千年前
メソポタミア地方の人々によって
考え出された星座は
夜空の地図になった
そこから生まれた神話が在る

オリオンは巨人の狩人だった
地上の獣は皆射止めてやる
オリオンの言葉を聞いた神々は怒り
巨大なサソリを放って

オリオンを殺させた

サソリ座の心臓部に赤く輝く
一等星アンタレスは
温度が三千度くらいあり
地球の軌道を飲み込むくらいの巨人星
「火星の敵」という意味を持つアンタレスは
火星と同じくらい
赤くて明るい星

サソリ座の隣にあるいて座は
半人半馬の怪物が持つ弓
その弓でいつもサソリ座を狙っている

いて座付近の天の川は

たくさんの星が重なり合って
黒い雲のように見える暗黒星雲

夏の夜空の神話は今も健在だ
でも年老いた星は
ガスを吹き飛ばし
大爆発をしながら死んでゆく
その残骸の流れ星に
私たちは願いをかける

世界中の人たちが皆
幸せな眠りに就けますように……

こと座の神話

オルフェウスはたて琴の名手で
妖精の美しいエウリディケを妻として
幸せに暮らしていた

ある日
妻のエウリディケは
毒蛇に嚙まれて死んでしまった
悲しんだオルフェウスは
地底の死の国へ行き
たて琴を弾きながら

死の国の王ブルートンに懇願した
どうか妻を地上の国へ帰して下さい
美しい音色のたて琴に心を動かされた
死の国の王は言った
願い通り妻エウリディケを地上に帰してあげよう
でも地上に出るまでは決してエウリディケのほうを振り返ってはならない

たて琴の名手オルフェウスは
妻のエウリディケの手を取って
地上に向かった
しかし、もう少しという所で
思わず妻のほうを振り向いてしまった
そのため妻は
ふたたび死の国へ引き戻されてしまう
落胆したオルフェウスは絶望し

川に身を投げてしまう
それを見ていた大神ゼウスは
川辺に残されたたて琴を拾い上げ
こと座に変えた

こと座のベガ
わし座のアルタイル
白鳥座のデネーブの三つの星を結んだ線を
夏の夜空の大三角形として
輝き続けている

数え唄

八月は
亡き人たちの思い出が多く蘇る月
亡き母が好きだった数え唄も
母の微笑みと共にやって来る

　長寿慶び唄
（あの世からのお迎えに応えて）

人生は山坂多い旅の道
還暦の六十歳でお迎えの来た時は

只今留守ですと云え
古希の七十歳でお迎えの来た時は
まだまだ早いですと云え
喜寿の七十七歳でお迎えの来た時は
急がすなこれから老いを楽しみますと云え
傘寿の八十歳でお迎えが来た時は
何のまだまだ世の中の役に立ちますと云え
米寿の八十八歳でお迎えの来た時は
もう少しお米を食べてからと云え
卒寿の九十歳でお迎えの来た時は
そう急がずともよいと云え
白寿の九十九歳でお迎えの来た時は
頃を見てこちらからボツボツ行くと云え

気はながく持ち

心は丸く腹立てず
口を慎めば命ながらえる
人生　百歳　百祭

まだまだ世の中役に立つ八十二歳で
黄泉《よみ》の国へ行った母
たくさんの事を教わりました
百歳までの人生は遠いのか短いのか
私の鼓動と相談しながら進みます

町内肝試し大会

二年前まで住んでいた町
子育てをした町で
恒例になっている
小学生の夏休み最後のお楽しみ行事
町内肝試し大会があった

段々畑に造られた墓場で
暗くなると
下の段から十段目の墓場まで登り
そこでジュースや駄菓子を貰い

下りて来るという行事

真っ暗な墓場の道筋には
ローソクが灯り
線香が焚かれ
幽霊姿になった父兄たちが
子供たちが悲鳴をあげて通るのを待った
笑いを堪えて待った
大人も子供と一緒に楽しんだお化け大会
なのに一人の男の言動でなくなってしまった

墓場近くに住むみかん作りの男の人が
子供たちのキャーキャーギャーという叫び声に
裏窓を開けて仰天
前の奥さんが自殺した墓場で

前の奥さんの幽霊と勘違いしたからだ
自殺の原因はこの男の人の浮気からだ
現在の奥さんになっている水商売の女の人に対しての
ノイローゼからの自殺であった

みかん作りの男の人は
子供たちの思い出作りのお化け大会だと知っても
激怒は収まらず
とうとうこの年を最後に
お楽しみ肝試し大会はなくなった

白い彼岸花

遠く遠くなってしまった幼い日
山から山を結ぶ国道沿いに
白い彼岸花が
見事に咲き連なっていました

あまりの美しさに
道行く人は足を止め
一株一株持ち去って行きました

秋を重ねるたびに

白い彼岸花は少なくなって
いつの間にか
真珠色した彼岸花は無くなってしまいました

人間の一握りの欲望が
美しい秋の風景を奪ってしまったのです

思い出となってしまった
白い彼岸花ロード

畦道に真っ赤に咲いた彼岸花
あの頃のように
白い彼岸花と一緒に咲きたいのでしょう
精霊トンボも
ずいぶん仲間が減りました

初秋……は
なんだかやっぱり淋しいのです

秋空の下

令和になって
初めての夏が通り過ぎてゆく
私にとって
昭和時代は濃いかった
平成時代の喜怒哀楽は
花柄模様のゴムマリのように
あっという間に転がって行った
昭和も平成も
風になって通り過ぎてゆく

真っ赤なトンボが飛び始め
秋の訪れを感じる
令和になって初めての秋
何か良いことが近づいているようで
涼しさの中　心が躍る

人生にも節目があるように
時代にも節目が存在する
その節目は
伸びゆく青竹が
節目ごとに
清水をたっぷり含んでいるように
私も希望《ゆめ》を満たして成長したい

生きているだけで

まる儲け
そんなおもろい言葉からの人生旅

秋風が澄んでいるのは
清い心が広がっているから
花が美しいのは
生きる力を誇らしく堪えているから
空も花もあなたも私も
一生懸命生きている

蟷螂《かまきり》

秋の七草の一つ
芒の穂が揺れる根っこで
交尾を終えたオスかまきりを
殺して食べたメスかまきりが
大きな儀式を終え
呆然と立ち竦んでいる

習性とはいえ
子孫を残すための
避けられない運命は悲惨

メスかまきりは
オスかまきりの養分を腹に収め
卵を産む準備に取りかからなければ
ならない
晩秋の風が
冷んやり通り過ぎてゆく

母となったかまきりは
芒の茎に
力強く卵を産み付けると
体は緑色から茶色へと変身し
我が子供たちの顔を見ることも
許されず
儚く一生を閉じる

その母かまきりの屍を
侘しいほど透明な風が転がす

命を終えていくものたちへの
鎮魂の淋しさは
空の青さより深い

お喋り鳥《カラス》

我が家の庭に
木の実が熟す頃
黒装束の
嫌われ者がやって来る

ゴミの荒らし屋
畑の野菜や果物を食い散らす
暴れ者がやって来る
朝の静寂《しじま》を破って
　オハヨ　オハヨ

ミナサン　オハヨ

木枝に止まって
挨拶がわりに鳴くと
食べ頃の柿の実をガブリ
いつも二羽連れだって
恋人か夫婦か母子か不明だけれど
もう一羽のカラスは
カワァ〜としか鳴かない

この可愛い声が聞きたくて
桃の実も
ビワの実も
木高い所はカラス用に残しておく

森の国道では
車に轢かれた狸や狐などの肉を
腹に収めるので
森の掃除屋さんとして活躍している
黒装束の逞しいカラスも存在《い》る

　オハヨ　オハヨ
ミナサン　オハヨ
としか鳴かないが
この声を聞くと
何だか微笑ましく清々しい気分になれる

仲秋の名月

二〇一八年の秋の満月は
九月二十五日と
十月二十五日
地球を回る衛星である月は
地球の約五十分の一の体積
満月は柔らかな光で
私たちの心を慰めてくれる

満月の夜は
何処かのススキが原で

ポンポコ狸が腹鼓を打つのだろう
躊躇いもなく
自然を破壊する人間たちに向かって
塒《ねぐら》を奪わないでくれ
と懇願するのだろう
ポンポコ狸の瞳に光る
一滴の月の光は
もの言えず
反抗できない獣たちの悲しみ
満月も哀しむように
日毎に下弦の月へと沈んでゆく

やがて暗闇となり
また獣たちを慈しむように
新月を生み

上弦の月へと進み
神無月の満月へと輝く
仲秋の名月を仰いで祈る
平和が永久に続きますように……

秋の夜

いつの間にか古希は過ぎ
地球の波動に身を委ね
ゆったりと残された人生を歩いている

私にとっての七十二度目の秋が来る
秋の星座の神話を
一人静かに呟く秋が来る

アンドロメダは
エチオピアの王妃カシオペヤの娘

海の妖精たちよりも美しかったので
海の妖精たちは妬んで
膨らんだり縮んだりする海の怪獣巨人くじらの
生贄《いけにえ》にしようと鎖につないだ
そしてくじらの怪物に食われようとした時
天馬ペガススに乗った英雄ペルセウスが現れ
くじら怪獣の前に立ちふさがり妖魔メドウサの首をつきつけた
それを見た　くじら怪獣は
一瞬にして石にされてしまった

美しいアンドロメダ姫を救った
勇敢なペルセウスは
天馬ペガススと共に星座となって
秋の夜空で幸せに輝いている

アンドロメダ座は
銀河系と同じような渦巻き星雲で
数千億個の星の集団

秋の夜は
虫のメロディ聴きながら
澄んだ夜空で輝く
星座の神話に酔い痴れよう

稲刈り

二〇一六年の稲刈りがやって来た
早苗の頃には　雨に恵まれ
その後は晴天に恵まれ
今年はスクスク育った

稲穂が実るということは
枯れること
死にゆくことだと教えて下さった人も
今は亡く
稲穂の黄金色は

自らの生を誇らしく締め括る色
精一杯生きた証を輝かせる色

初めての稲刈りを経験した日に聞いた
米という字の話
一本の穂先に八十八の米粒が付いているんだ
そう夫が言うので
幼かった息子たちと
畦道に座って数えた米粒
八十八の苦労を重ねて
米が出来るという話もあるけどね

今では稲刈りも機械化が進み
だいぶ楽になったけれど
稲穂の天火干しが一番美味しいと

夫のこだわりもあって
昔ながらの手作業で
何本も稲木を立て
稲束をかける作業は
暑さも加わって結構きつい

旨い米へのこだわりは
苦労がついてまわります

金木犀《キンモクセイ》

今年も生きて
キンモクセイの高貴な気品ある香りに
出会えた
赤黄色の小さな花々は
木枝に群がって咲く

やがて星屑のような花々は
一夜にして落下し
生まれ育った樹を囲むように
オレンジ色のジュータンを敷く

無心に咲く健気な花に出会うたび
長男が初給料の記念に買ってくれた
日を思い出す
金木犀は少し高価だったので
銀木犀でゴメンな
そう告げる息子と二人で植えた樹に
銀ではなく　金の花が咲いた

また秋が訪れ
目の前の可憐な花々たちは
昨年の花ではなく
今年生まれた花

ひらくまでの苦労など

何も語らず
ただ咲いているだけ
たったそれだけなのに
切なさが込み上げてくるのは
何故だろう

晩秋

都会の景色は
ビルの墓場に似ている
色彩を受けつけないビルの谷間で
人々は忙しく動く

山里に住む人々は
自然の力に寄り添って
のんびりと
時には忙しく動く
季節ごとに彩られていく風景の中で

花の命は短く
咲いた美しさと凋《しぼ》んで落ちる切なさが
日々受け継がれていく

花の香りを風が運び
小鳥の囀りが
時の透き間に響く日々

金木犀の花の香りが消えた庭
秋を道づれに
秋桜が色濃く揺れている

秋の夜を奏でてくれた虫たちも
姿を消し
山里の夜は

栗の実　どんぐりや椎の実が
静けさを破って落ちる音が聞こえる

自然が秋から冬に向かって
ゆっくり動く
山里の人々は
日々変わる天気に喜んだり嘆いたり
自己満足な生き方で
自由に過ごす
暇という感覚を持たない
厳しい冬に向かって
自分なりの仕事を探し始める

紅葉の季節

まだ生きて
紅葉が舞い散る季節に逢えました

木の葉にとって
春は誕生の季節
夏は青春真っ只中
秋は老いを悟り
冬という季節に向かう準備をするのです

生から死へ向かうリズムの中で

木の葉は
それぞれの生き様を
自分の色で染め抜いて
潔く散っていくのです
淋しいのではないのです
悲しくもないのです
新しく芽生える葉に
命を譲る嬉しさに
ホラ　紅く燃えているではありませんか

老いた夫婦にとっては
秋を感じる寂しさは
年々濃くなっていくばかり
二人で過ごす時間は
どれだけ残されているのでしょう

知らない方が幸せなのかも知れません
残された人生も
知らない方が
楽なのかも知れません

この紅葉のように
自分の人生を鮮やかに染めぬいて

ハラリホロリと散れたなら
私の魂も　紅に染まるでしょう

白水仙（別名・ニホンスイセン）

暖かい日差しの中で
咲き誇っていた花たちが
地中に身を沈める頃
寒さに向かって芽を出す
白水仙

気品ある香気と
柔らかな花びらは
ふくよかさの中に
キリッと

冬に立ち向かう気力を秘めて
凍える朝に咲く白水仙
凍てつきながらも萎れもせず
じっと耐え
太陽の温かさを待つ花

亡き母が好きだった花
戦時中
モンペを穿くのが苦痛だったと告げた母
いつもロングスカートで華やいでいた母

母が逝って十年目の冬が来た
白水仙の
可愛い花に秘められた
強く生きる

活き方は
無言で示す親の愛

メリー・クリスマス

二〇一九年も早や師走
年齢を重ねれば重ねるほど
一年が早く通り過ぎて行く

商店街では
イルミネーションが輝き
ジングルベルの曲が流れる
この曲を聞くたびに
辛かったあの日が蘇ってくる

母が植物人間になり
会話できない母を見舞った日々
商店街は明るく
活気に満ち
人々は賑やかに行き交う

でも
私の心はどん底
一人ぼっちの悲しさと淋しさ
ジングルベルのメロディの音符が
涙の粒となり
心の底へ沈んでいったあの日
行き交う人々は
楽し気に見える
皆哀しみも辛さも経験しているだろうに

何事もなかったかのような顔をして
クリスマスソングに耳を傾ける

悲しみや辛さは
時間と共に薄らぎ
二〇一九年
私も何事もなかったかのような顔をして
クリスマスソングに酔い痴れるだろう

メリー・クリスマス
世界の人たちが幸せになれますように

三章　深深と

深深《しんしん》と

坂本龍馬脱藩の道に
雪が降る

龍馬と志を一つにし
平和と平等を目差して
命を奪われた若者たちが
生まれ育った山里に
深深と雪が降る

無言の潔癖さで

白く　やさしく　降り積もる

言葉を持つものたちは
寒さへの意思を発し

言葉を持てないものたちは
哀しい瞳で身を縮める

冬は
強く生きるための試練なのだろうか

弱い立場の私たちの魂が
凍てつきながら
深深と夜に埋もれる

残暑お見舞い申し上げます

暑い熱い
二〇一七年の夏も暑さが暑かった
風が吹いてもいないのに
アスファルトの陽炎ゆらゆら揺れて
私の脳味噌いらいら苛立つ

昭和時代は
自然がたくさん残っていましたので
扇風機も役に立っていましたが
平成時代も二十九歳になりまして

涼風も生温かくなりました
もうルームクーラーなしでは
生きていけない夏の季節になりました

都会から遊びに帰った孫が言うのです
田舎の夏の夜はうるさいと
ゲロゲロ　グウワ～　グウワ～
蛙の声が重なって
眠れやしないと愚痴こぼす

自然が奏でる風のメロディ
草花の間から聞こえ始めた虫たちの
生演奏
自然に抱かれて
人も虫も無防備でいられる幸せは

国民主権・人権尊重・永久平和主義
という
日本憲法のおかげです

平和憲法を死語にしたくない
戦争を知らない私たちも
ずいぶん老いてまいりました
老いて官能も美的センスも萎えてしまえば
痴呆が近づくと
誰かが寂しいことを言う
哀しい言葉と裏腹に

二〇一七年の残暑は熱気燦々《さんさん》

紅葉《もみじ》の鼓動

どんよりと空が不機嫌な日
ふと立ち寄った
回り舞台のある古い神社には
ひらりふわりと紅葉の鼓動

掌に受ければ
こんなに小さなモミジの葉もあったのね
愛しさ積もり
海馬*からじいわり蘇った
津波に呑み込まれて死んだ子供たち

宮城県石巻市の大川小学校の児童たち
学校のすぐ裏に山があるのにも
かかわらず
教師は津波が来るほうへ児童たちを
誘導してしまい
津波に流され亡くなった児童七十四名
未来多き子供たちだった

人にはそれぞれ決まった鼓動の数が
あるという
津波に奪われた幼い命
鼓動の数をたくさん残し
逝ってしまった
死んだ子供たちの眼差しが小枝に
触れて

はらりほろりと涙の鼓動
自分の色で染めぬいて
ひらりふわり舞い散る紅葉

死しての千年より
生きての一日
の言《こと》の葉《は》が
色を濃くして十一月の風に舞う

＊海馬　脳の記憶する部分

憲法九条という傘

憲法九条*という傘の下
私たちは平和に過ごせた
平穏な日々の中で
傘という字は
男女の相合傘をイメージするけれど
ん？　傘の中には
二人ではなく四人いるんだ
それは
屋根の下
風雨雪から身を守り

愛の行方と
家族繁栄を約束する字なんだって

でも近頃
憲法九条という傘に
穴が開き始めたんだ

戦や戦争を繰り返して来た国　日本
有無を言わせず
幼さが残る少年たちを戦地に向かわせ
魚雷に詰め込み弾丸として
敵地に突っ込まされた少年兵
全ての命令に従わなければならなかった
特攻隊員は
国家的虐殺に等しい愚行の数々で

若い命を散らせた

現代の若いテロリストたちは
我が身を呈して
銃を乱射し爆弾を抱え
何の罪もない群集に突撃する
不条理を正当化する行為は
過去の軍国主義時代に似ている

戦争は二度と繰り返しません
憲法九条という傘は
平和を守るためにあるんだ

＊日本国憲法

第二章　戦争の放棄

第九条　日本国民は、正義と秩序を基調とする国際平和を誠実に希求し、国権の発動たる戦争と、武力による威嚇又は武力の行使は、国際紛争を解決する手段としては、永久にこれを放棄する。

前項の目的を達するため、陸海空軍その他の戦力は、これを保持しない。国の交戦権は、これを認めない。

神が宿る憲法

日本の守り神である富士山のように
気高く尊い憲法第九条は
神が宿る平和憲法
現在の姿のまま　崇めていたい

終戦直後に生まれ
戦後の惨めな生活を体験した私
今は亡き義父から聞いた
終戦直後の体験談も心に残る一つ
満州鉄道に勤務していた義父は

満州の地で終戦を聞き
妻とその家族を連れて
日本に引き揚げることになった
妻の家族には他に三人の妹がいて
軍人から身を守るため
若い妻と三人の妹たちは
頭を丸坊主にし顔には泥を塗り
ボロボロの男物の作業着を着て男に化け
引き揚げ船を目指した
義父も持っていたお金を全部薬に変えて
一家を守りながら
必死で引き揚げ船を目差した
引き揚げ船内は
シラミやダニが蔓延し死臭が漂い
生き地獄そのもの

ぎゅうぎゅう詰めの暗い船底から
やっと日本の地を踏み
空を見上げた時
その明るさに「生きて帰れた」
と皆抱き合って喜んだと聞いた

現在私たちは日本国憲法第九条のお陰で
平和に生きている
これからも手直しすることなく
世界の平和憲法として活き続けてほしい

時代に翻弄される沖縄

美しい島々が点在する沖縄
今から二十一年前
戦後五十年
沖縄の激戦地で
まだ　私たちには戦争は終っていない
と　恋人やご主人や息子さんの骨を探していた人たち
あの人たちの面影が
戦後七十年経った今も
記憶の底で生き続けている
戦争の犠牲になった若い人たちの

骨が多く埋まっている地に
真っ赤な花が咲く

悲惨な過去を叫ぶ術もなく
美しく
観光客に向かって微笑む

国民を守ることより
国を守ることを優先する権力者たち

辺野古新基地建設反対の怒濤《どとう》の声の先に
民主主義は見えない

アメリカ軍人による惨い殺人
軍用機からの窓枠落下は

安全第一の小学校校庭で起きた
沖縄の青き大空に
軍用機が飛ばない日が来ることを
私たちは祈っている

戦争の法則

ユダヤ人絶滅作戦の指導者
アイヒマン

静かに暮らしていた人たちに
食事もろくに与えず強制労働や毒殺など
言葉に尽くせない残虐行為の数々で
四百万にも及ぶ犠牲者を出したアイヒマンは
人道及び戦争に対する罪人で捕まり
死刑になったが
その時の弁明が

自分は祖国の旗の下に
戦争の法則に従っただけ
自分に罪はなく
　小さな歯車に過ぎなかった

「アイヒマンの弁明」という詩を読んだ時
アイヒマンと同じような事をした戦争犯罪者を
神として崇め
その神社を胸を張って手を合わす
政治家がいる日本
愕然と憤りを覚える中
静かに眠っていた戦争の法則を
ふたたび揺り動かし目を醒まさせた
政治家の野望

平和な時代に育った人たちは
最先端のテクノロジーを追う
まるで人の命より
スピードという性能を優先する
車を追い求めるように……
時代に洗脳されてはならない

命の重さと平和の尊さを
ずっと心に抱き続けたい

法治国家

資源に乏しい国　日本
両大国の狭間で生きている小さな国
日本
休戦していた隣国の一権力者の行動が
終戦していた日本を脅かし始めた
平和を揺るがし不安を煽り始めた

武力無しでは国は守れない時代が
やって来た
でも人権無視は許せない

法治国家日本は
したたかな外交的舵取りで進み
改憲しようとする側と
平和憲法は擁護するべきだとする側と
対立しながら願っているのは同じ
平和で安全な生活

平和で安全な日本国憲法が公布されたのは
一九四六年十一月三日
施行されたのは一九四七年五月三日
今年の二〇一七年五月三日で七十年になる

スイスが永世中立国を称えられるのは
強力な軍事力を持っていたから
持っていながら他国を攻撃することもなく

持っていたから攻撃されることもなかった国　スイス

法治国家日本もスイスのように
軍事力を強化しながら
他国を攻めることもなく
人権尊重で平和を護ってほしい

大切に育てた息子たちを
人殺し目的の戦争参加はゴメンだし
殺されるのも嫌

美しい地球を支配する人間同士の戦いを
どうして神は許すのだろう

終戦記念日に思う

未来へ向かう子供たちへ
過ぎ去った戦争を知ってほしい

平和な時代では
一人でも人を殺せば殺人者として
罰せられるが
戦争という時代では
他国の人を殺せば殺すほど
英雄として称賛される

生きる権利を奪う戦争を憎んだ母も
一番仲の良かった弟を十八才で亡くした

宇和島の地で
バラバラ空から落下してくる焼夷弾
炸裂音と共に焼け死んだ
幼い我が子の骨が
生身の母の乳房を求めるという

沖縄の激戦地で
馬乗りというアメリカ軍の
戦争という名のもとで許された行為があった*
壕に逃げ込んだ島民の頭上で
壕の真ん中が電気ドリルで開けられ
そこに油を注がれ　火が放たれた

何も罪のない子供も女も男も
焼き殺されたと言う

愛し合う人たちを次々と切り離しながら
命令に従うしかない戦争という法則
戦争命令を下す権力者たちは
いつも安全な場所にいて
納得いかない命令や
醜く卑劣な命令を躊躇なく下す

未来へ向かう子供たちよ
平和を守る意義の尊さを心に抱いていてほしい

＊参考　『沖縄詩歌集～琉球・奄美の風～』（コールサック社）

賢い国ベトナム

二〇一七年十月
ノーベル平和賞に
核廃絶団体が受賞し
世界中の人々に
核の恐さを蘇らさせた

現在　私の住む近くの伊方原発では
三号基が再稼働し
使用済み核燃料が最終処分できないまま
多量に山積みされている

不完全な技術のまま
日本政府は成長戦略として
核を輸出している姿勢は
被爆国民として恥ずかしい

ベトナムの美しい海岸線のタイアン村に
クリーンなエネルギーとして
日本政府は原発建設を推進していたが
福島原発事故で
日本の原発安全神話は崩れ
十六万人もの放射能汚染への避難者の実態を知った
人口二〇〇〇人のタイアン村の人たちは立ち上がった
「無責任・非人間的　不道徳行動」
などの抗議文書を

在ベトナム日本大使館や日本外務省に送付したと言う

人類は核を掘り出したばっかりに
日本は美しい海岸沿いに原発を立てたばっかりに
破滅への道を歩き始めた
未来へ向かう子供たちに
核の実体を学んでほしい

＊参考　鈴木比佐雄　詩集『東アジアの疼き』（コールサック社）

空の下

紺碧の空に向かって
両手を大きく広げ
大気を胸いっぱい吸い込んでみる

自然と
心は健やかに翼を広げ
無の世界へと向かう

何でもない日常に
溶かし込んでゆく

平穏という幸せ

自由という　恵まれた広い空
平和という　明るい空
いつか　この空も
テロや戦争に巻き込まれ
暗雲に覆われるのだろうか

未来のことを不安に思うより
平和で穏やかな現在《いま》を
自分らしく　輝いてごらん

何処からか
自然の摑み所のない大きな力が
風になり

やさしく
耳元で囁いてくれる

四章　伝言

健康な心であれ

人には
三つの心の病があると言う
怠ける病に
欲張る病
それに加えて意地悪という病
不治の病ではなく
自分の心次第で治せる病

他にも棲んでいる
善と悪の心

古事記の神話ではないけれど
やさしく慈悲深い美少年の
オホクニヌシの命《みこと》の心と
信じられないほど嫉妬心が強く
残忍で残虐な八十神《やそがみ》たちの心
これほど善と悪の極端な差はないけれど

苦しい時　辛い時
困った時にやってくる悪魔の囁き

　この場から逃げちまいな

その時
正常心が動いて
理性が働いて

悪魔の誘いを追い払い
困難な状況に立ち向かう善の心
私の心よ
健やかであれ
怠けるな
欲張るな
妬む心を捨て
私の未来よ
青空に向かって羽撃《はばた》け

心の五感
（視・聴・味・嗅・触の感覚）

枯れ葉舞い散る路上には
吐息一つで壊してみたい過去があるのです
色付くことも出来ない後悔もあるのです
不安な日々を越え、引き摺り
晩秋という人生の道

晩秋という人生は
哀しくはないのです
長く生きてこられたからこそ
出会える景色

感じられる鼓動があるのです
年齢を重ねるたびに
研ぎ澄まされていく
心の五感も　その一つ

咲いた花を観ると
咲くまでの努力を想像したり
やわらかく冷たい花びらに触れると
心安らぐ気持ちになったり
花の甘い香りを嗅ぐと
過ぎ去っていった仄かな恋を
思い出したり
風の音を聴けば
自然界のご機嫌が窺えます
五感で味わう人生は

甘辛い味がする

秋の夜の静けさに埋もれても一日
残された希望に向かって
心の灯火を点すのも一日
同じ一日なら
陽気に活きて一日

夢と現実

亡くなった人と会話する夢を
よく見るようになり
あの世からのお誘いなのかと
ふと思ったり
そのような日々の中で
我が家に棲みついた野良猫ちゃんが
三匹の仔猫を産んだ
可愛い仔猫はすくすく育ち
母猫は避妊手術が必要となった

昼間は活きている明るさがあるけれど
夜の夢の中は
いつもグレーで細くて危険な道ばかり
海水が溢れる夢を見た後は
何故か
何処かで大地震
夢は
心の影法師
現実は
心の生きざま

人にはその人なりの苦労があり
悲しみも人それぞれにやって来る
小さな哀しみも
大きな哀しみも

乗り越えた先には
いつも温かい幸せが待ってくれている
生きる力を
鍛えた者しか出会えない
母の懐《ふところ》のような幸せ

白内障

眼球の水晶体が白く濁る病気
老いた私の目にもやって来た

若い頃は視力一・五をキープしていたが
白内障になって
視力〇・三にまで落ちた
車の運転視力は〇・七
手術を受けなければ
車の運転は危険だ

幸いなことに老眼ではないので
肉眼で本は読めるし、字も書ける
でも一メートル以上離れると
ボーっと靄がかかったように
木の葉一枚一枚ハッキリと見えない

二ヶ月待ちの手術の日がやって来た
効き目の右目から

十日後に左目
手術は準備の目のまわりの消毒などで十五分
手術台に座って十五分
消毒液を流しながらなので
痛くも痒くもない
遠くが見えるレンズを

肉眼に固定して終了
眼帯をして
翌日にはずしてもらったら
鮮明な世界が目の前にあった
近代医学の進歩がありがたかった

外は雨
雨粒も鮮やかに見えるようになり
見たくもない顔の皺もクッキリ見えて
悲しいやら、嬉しいやら
老いの病は複雑です

翼状片《よくじょうへん》切除術

昨年
眼球の水晶体が白く濁る病気
白内障の手術を両目に受けた
あの日から一年後
以前から気になっていた右目に
白く濁った膜が広がりつつあった
その膜が翼状片といい
黒目の中央まで及んできた後で
切除しても
黒目の表面に傷跡が出来

視力に障害が残るので
黒目に近づく手前で
手術を決断した

翼状片とは
黒目（角膜）に
白目の結膜下の組織が
入り込んだ状態

原因の一つが
紫外線だと言う

翼状片切除は
角膜上にある翼状片を切除して
結膜を縫い合わせ

再発防止のため
結膜下組織の増殖を抑える
特殊な目薬を用いて
手術をしてもらった

白内障手術より
二倍時間がかかり
その間　黒目を中央にしたままなので
少し辛かったけれど
医学の発達で日帰りが出来
翌日には眼帯も取れ
通常の生活に戻れる

もう少し生きてみたい

妻を
「オイ」と呼び続けて四十八年
家庭より
仕事優先で突き進んだ男の五十一年
老いは忍び足でやって来て
男の体を蝕む

定年をとっくに過ぎた男の退職は
諦めと無念が交差する
会社や仕事への希望や束縛は解かれ

人を動かす楽しさや大変さも無くなり
社員たちの屈託のない笑顔にも出会えない
老いた男の喜怒哀楽が
ふと　後姿に見え隠れする

男を支え続けた女も
心の何処かに風穴が開いたように
春風がスースー行き交う

老いた男と女
薬に頼りながらの人生が始まった
二十四時間　いつも一緒
ゆったりと時は流れ
趣味のような仕事を見つけては
体を動かすことに喜びを見い出す

出会った頃の恋心は
さくら色から
信頼の積み重ねも加わって
赤いバラ色に染まった

「ご苦労さまでした」
息子家族からの人生最高のおもてなしは
熱く感謝の気持ちが広がり
もう少し
夫婦共に生きてみたい
と欲を出す

夫婦の条件

偉大なる人は言う
他人と向き合う時は
言葉や外見に惑わされてはいけません
頭で理解できても
心に響かない言葉に意味はなく
心が通じ合うことが大事です

他人だった男と四十七年夫婦として向き合っていると
言葉の奥が見えてくる
良いことも

悪いことも

夫婦円満の秘訣は
お互いに我慢することよね
そう私が言えば
すかさず人生を共にした男は
我慢しつづけているのは俺のほうだ
昭和生まれの昭和育ちの男は言う
ふ〜ん
口答えすることもなく
苦笑いひとつでその場を締め括るのは
高齢者のレッテルをはられてしまった女

夫婦生活を重ねた二人は
争う手前を知っている

苦の種は楽　楽の種は苦
諺通りの生き方を
二人の息子に後姿で示した男

信頼の絆を日々強くしていく
それは夫婦の条件かも知れない

伝言

人生の波を乗り越えて来た女
と書いて婆と読む
その字に「ちゃん」と付けて呼んでくれる子供たちに
婆ちゃんの存在がある内に
伝えておきたいことがある

テレビ番組を賑わす大臣や政治家のように
嘘をついてはいけない
自分の身を守るために
平気で他人を傷付け

その嘘を隠すために
また嘘を積み重ねる
そんな大人になってはいけない
自滅への道は
人としてみっともないから

偉い人にならなくたって
正直者で胸を張って生きてほしい
見栄など張らず
自分らしく清々しい気持ちで
明日に向かえばいい

両親に感謝の心を忘れないでね
丈夫な体で病気に負けないでね
辛くなったら親や爺や婆を頼ってね

一〇〇%の答えは出なくても
明日へつながる道は開ける

いつも笑顔を絶やさない子供たちへ
婆ちゃんの生き甲斐は
爺ちゃんの笑い声を聞くこと
あなたたち家族の微笑んだ顔を見ること
それが大切な心の宝もの

老人天国

もうダメかと思った五年前
明日を見ることもなく
消えかかった私の命
人は
そう簡単に死ぬものではない
と人一倍
健康に気を使っていた人が
簡単に死んでしまった現実
介護保険に頼ることもなく逝った人

自分で出来ることは
這ってでも介護保険の世話にならないと
貫き通した亡き母と
同じ八十二歳でも
歩けるのに
介護審査の人が来ると
歩けぬふりをする遊び人の女
旅行が好きで
芝居見物・コンサートには欠かさず出向き
介護保険は遣わな損と
掃除・洗濯・炊事まで
介護人の世話になる
ジャブジャブ介護保険を遣う
老人天国で
未来の日本は明るいか？

私も同じ高齢者
介護保険に頼らぬ生活が
お国のために役立つと
背筋を伸ばして空を見る

人生の秋の風に吹かれて

歳を重ねる
それは死に向かうことではなく
無限の夢に向かって
有限の命を燃やし続けること
そういう思いの積み重ねの中で
体は容赦なく老いてゆく

老いて
目が見えにくくなるのは
心で

物を見る知恵が育ったから

老いて
体や力が弱くなるのは
筋肉が張りを失い
体を労ることを知らせてくれるから

老いて
五臓六腑は
時々会議する
我慢強い臓器たちは言う
故障が起きて
修繕をくり返すよりも
普段の養生が大切だと

一秒も休まず
働き続けてくれている私たちの体
感謝の気持ちを
大きく吸い込んで
ゆったりと
大自然の呼吸に合わせて生きたい

人それぞれ人生旅

六十年前は人生五十年と言われ
今や医学の発達や
食の豊富さもあって
人生百年と言われる時代になった

私の住む町
人口一万二千七百人余り
百五歳から百歳までが十五人
白寿が十一人
米寿が百九人もおられる

長寿国になった日本
人生百年の旅は長いのだろうか
短いのだろうか
その人にとって幸せだったか
不幸だったか
人生を閉じる時
答えが出るのだろう

先日
伯父が百歳で亡くなった
胃癌・肝臓癌・皮膚癌など
手術を繰り返した人生だった
晩年は病に苦しんだが
最後は安らかに逝かれた
たくさんの人々の世話になりながらも

もっと生きてほしかったと悲しむ家族

知人のお父さまも百歳で亡くなられた
その葬儀では
親父、よく百歳までがんばって生きてくれた
と　明るくお祝いだと言っていた家族

突然やって来るかも知れない
人生の終着駅
今日一日
大切に活きて生きたい

特別な関係

心を充たすものが多様化している現在
若者たちは
本を読む想いが
それほど強くない

読む人と書く人との
コミュニケーションが成り立っていれば
読まない自由の中に
割り込んでいけそう

素早く過去に進む時の中で
心砕き
やわらかな言葉で
静かな居場所を整えれば
読む人との特別な関係が生まれるだろう

言葉そのものが自ら働いて
閃光のように
読者の心を立ち止まらせるのだ

詩人は
孤独の深さを測るように
言葉を紡ぐ
何故に人は生きているのか
という疑問に

生きる指標となる言葉を並べる
言葉によっていかに深く生きられるか
一篇の詩は
沈黙を語り
言葉の導きで一つの世界を生む

本を通して
書く人と読む人は
常に行き交うものでなくてはならない
自由とは
何と多くのものを要求するのだろう

人生の極意一

人の世は
常に変化が甚だしい
少しの間も止まることがない
万物が激しく移り替わる転変の世
生と死は
儚い糸で結ばれている
常に無常の世
そんな言葉が思い出されるコロナウイルス
到来

自由を奪うコロナウイルス
鬱にならないで
活発なエネルギーが外側から抑えられ
自由に自分を発揮できない状態に陥らないで
あなたにも私にもある若いエネルギーを
外へ外へ出して
自分なりの活動の場を目差していこう
穏やかに明るく
自信に満ちた日々を過ごして生きたい

コロナウイルスに腹を立てたい時
思い出すのは

いつも穏やかに接する和尚さんの話
　ある日小僧さんは聞いた

和尚さんは腹が立つことはないのですが
和尚さんはすかさず応えた
私も人間だ
この世に腹の立たないことなどない
腹は立つけれど怒らんだけだ

なるほど分かったようで分からない小話
人生を悟られた和尚さんの生き方は
常にサッパリしている
それが
ある物事が到達しうる最高の状態
人生の極致なのかも知れない

生命《いのち》の休憩

人生には
ほっと一息つきたい時がある
命の休憩
人生のひと休み

人生の峠という場所に腰を下ろし
未来を背に
過去という道を
ボーッと眺めたい時がある
頭の中を空っぽにして

時を消費したいことがある
残された生命の時間なんて
誰もわからないのだから

生かされている自分の立場に気付いたら
ゆっくり腰を上げ
自分の進むべき道を行けばいい

雨の季節

空が泣く
雨の涙を流し空が泣く
コロナウイルスで
自由を奪われた人たちへ
慰めの雨がふる

大切な人を失くしたあの日も
私の心の中は雨だった
会うは別れの始めとわかっていても
心は晴れずに雨だった

瞳から
あふれ出る涙を
誰も拭ってくれない寂しさに
孤独がそっと頬寄せた
永久の離別は残酷で
良い思い出だけを連れて来る

あの日の後に
あの日なく
月日の流れは音もなく
何事もなかったかのような顔になり
ぼんやり雨のリズムを聞いている

思えば
想像や予感さえなかった

新型コロナウイルスが突如
世界中に広がって
あたり前の日常を狂わせた
コロナウイルスにも負けず
六月の雨にもうんざりせず
私は
忍耐強い女になりたい
明日を明るく過ごす女になりたい

神頼みから医学頼みの時代

もう百年以上も前の話
私の住む里山に
疫病が流行し
幼児から老人まで
たくさんの人々が死んだそうな
現在のように医学が発達していない時代
里山の人々は神頼みをし
その後　疫病は止まった
それ以来　感謝と怖さを忘れないように
毎年一年に一回　十人一組となって

順番に地区の愛宕神社に集まり
神社内と周囲を清掃した後
神棚に魚・酒・野菜・果物・菓子を供え
一メートルの榊を左右に一本ずつ差し
境内の中心にも二メートルの榊を一本立て
神主さんがお祓い用に折った半紙を
二十ほど小枝に通した
祝詞《のりと》の神事をしていただいた後
境内に出て
神主さんの大太鼓と
ゆっくり流れる曲に合わせて
榊の周りを輪になって舞う

あの疫病の怖さを忘れようとしている
二〇二〇年

新型コロナウイルスが世界中に蔓延し
人々を苦しめている
神頼みに頼らない現代人の心の強さは
予備マスクを手作りし
ファッション化さえしようとしている
医学の進歩と力を信じ
コロナウイルスが一日も早く滅亡することを
世界中の人々は望んでいる
あたりまえの日常を奪った
コロナウイルス
元の生活に戻れるのはいつだろう

新型コロナウイルス

人間が支配している地球《ほし》に
新侵略者コロナウイルスがやって来た
生命力が強い人間は勝つが
弱い人間は
体を蝕まれ死に至る

この地球《ほし》を囲む宇宙環境は
最悪だ
大気汚染に
乱気流のように飛び回る電磁波

年々強くなる紫外線に
人間が作り出した放射能汚染
深刻な地球温暖化
快適な暮らしと引き替えに
新ウイルス誕生には
好条件なのかもしれない

花粉よりもはるかに小さな微粒子
新コロナウイルス
人懐っこくて
体に素早く侵入し
細胞に悪影響を及ぼす
臓器たちを脅かし
呼吸困難へと導く
生命力が弱いと知れば

すぐさま攻撃し
命を奪う

地球人たちの不安を煽る
新コロナウイルス
日本の地は
これから若葉の季節を迎える
新芽たちは
空気清浄に力を注いでくれるだろう

コロナウイルスを食い尽くす細胞

六十兆個の水の入った風船のような細胞で
生かされている私たちの日常に
前ぶれもなく人懐っこいコロナウイルスが出現
人間の敏感な細胞たちは
発熱して危機を知らせてくれる

私たちの体内で休みなく働き続ける
マクロファージという細胞は
健康の使者
コロナウイルスが侵入すれば

すぐさま自分の細胞内に取り込んで
食い尽くしてしまう
さらに次に侵入してくるコロナウイルスに備えて
コロナウイルスの断片を掲げ
抗体を生産するシステムに働きかけ
コロナウイルスを攻撃して破壊する分子
イムノグロブリンを作り出し
血液中に放出してくれる
生体防御システムの一つ免疫と呼ばれるもの
イムノグロブリンはタンパク質で出来ている
一ミリの百分の一ほどの細胞が生きていくために
八十億個のタンパク質が必要だと言われる
一個一個のタンパク質が
千差万別の働きをするまでの指導者が
分子シャペロンと呼ばれる分子

テキパキと指導し
コロナウイルスを消滅できるまでに成長すると
さりげなく去ってしまう
生命活動の理解者

一年で体の全細胞の九十パーセントを
入れ替えてしまう細胞たちの働きは偉大だ
コロナウイルスに対しても
臆せず立ち向かい戦ってくれる
私たち人間は
精確に働いてくれる細胞たちの力で生かされている

解説　仁淀川を愛し真実を詩で伝えようする人　鈴木比佐雄

近藤八重子詩集『仁淀《によど》ブルーに生かされて』に寄せて

1

高知県佐川町に暮らす近藤八重子氏が第八詩集『仁淀《によど》ブルーに生かされて』を刊行した。四章に分かれて七十二篇が収録されている。一章「仁淀ブルーに生かされて」十九篇には、愛媛県と高知県の三つの故郷のことを、自らの命の源泉のように、また自伝のように語られていて、いかに近藤氏がその山河や地域文化から生かされているかが記されている。冒頭の詩「仁淀ブルーに生かされて」には、仁淀川の存在が「仁淀ブルー」と言われて親しまれていることを次のように語っている。

〈四国の三大河川の一つ／高知県の仁淀川／源流に近い仁淀川の流れは／青空の青と／森の緑をミックスさせた色彩／仁淀ブルーと呼ば

れ／観光スポットとしても有名／／太陽の光を浴びれば明るく／曇り日は深く／雨の日は濃くなる仁淀ブルー／／自然豊かな山々から生まれ出る水は／透明で／夏でも背筋を伸ばしたくなる冷たさ／／仁淀ブルーは／自然界からの贈り物／人々の心は清らかに安らぎ／生きている喜びを伝える〉

近藤氏の書き方は、過剰な表現をしないで削ぎ落として仁淀川の魅力をてらいなく伝えてくれている。四国山脈の最高峰の石鎚山の山麓を源流とする「源流に近い仁淀川の流れは／青空の青と／森の緑をミックスさせた色彩／仁淀ブルーと呼ばれ」と告げている。この「青空の青」と「森の緑」をミックスさせたものが「仁淀ブルー」なのだと、この青緑色の秘密を解釈している。そんな「仁淀ブルー」の「太陽の光を浴びれば明るく／曇り日は深く／雨の日は濃くなる」と日々刻々と変わっていく川面の様々な表情を、近藤氏は心から楽しんでいる。つまり愛媛県久万高原町から高知県仁淀川町・越知町・佐川町・土佐市などの仁淀川の流域に暮らす約十一万人の人びとや、この川を愛する全国の人びとの思いを代弁して、「自然界からの贈り物／人々の心は清らかに安らぎ／生きている喜びを伝える」と、その青緑色の透明さが、心を洗い流し、「生きる喜び」を取り戻してくれるのだと語っている。四国の大河の清流として吉野川や四万十川も有名だが、その中でも仁淀川は水質が日本一だと言われている。そんな生態系を愛する流域の人びとの思いがきっとこの「仁淀ブルー」を守り続けているのかも知れない。この「仁淀ブルー」という言葉は、この川に魅せられたカメラマンが名付けたと言われて、それが広がっていき流域の商工会議所が連名でこの言葉を商標登録しているが、この言葉を悪用しなければ活用しても構わないと言われている。この「仁淀ブルー」を将来に残していくために大同団結して地域の自然環境・生態系を市民・行政・企業が力を合わせて守ろうとしているのだろう。

次の詩「三つの故郷」では、一連目に「私には三つの故郷がある／生まれ育った町・愛媛県宇和島市／子育てをした町／愛媛県八幡浜市／晩年を過ごし始めた／高知県高岡郡佐川町」と三つの故郷を示しながら、二連目には里帰りした宇和島での不思議な体験を次のように語っている。

〈城下町宇和島は終着駅／鬼ヶ城山が聳え／若い頃よく友達と登った山／二人の息子たちが生まれる前日には／何故か鬼ヶ城山の頂から／サッカーボールほどの真っ赤な火の玉が／メラメラ燃えて／私のお腹めがけて入り込んだ奇妙な体験をした町／あの火の玉を受け入れた二人の息子たちは／現在　大阪の地で時代の先を走っている〉

この「鬼ケ城山の頂から／サッカーボールほどの真っ赤な火の玉が／メラメラ燃えて／私のお腹めがけて入り込んだ奇妙な体験」という神話的なエピソードは、きっと近藤さんは霊感が強く、故郷の山に願いを込めて安産を祈ったことへの神仏のはからいだったのかも知れない。本来的には日本に限らず世界中の多くの川の源流近くは、かつては「仁淀ブルー」だったのかも知れないが、その水源を含めた生態系は汚染が進みその青緑の輝きは消え失せようとしているのだろう。その意味では「仁淀ブルー」は本来的な山河と人間の関わりから生まれる里山の原点を伝えてくれている。

2

その他に心に残る詩篇を紹介したい。

一章のその他の詩「天狗高原」では、〈辛いとか苦しいとか忙しいとか／そんな感情はほど遠く／魂は広々とした風景に溶け／無に変わる〉という魂が溶け出す四国山脈の雄大な風景を感じさせてくれる。

詩「伊方《いかた》原発と地震」では、「布団に潜り込んで何分過ぎただろう／また　ユッサユサ　家が揺れる／不安が起き上がる／／そんな繰り返しの夜／海を隔てた九州では／家が潰れ　尊い命が次々と奪われている／／伊方原発が存在するこの地に／想定外の地震が起きませんように……」と、二つ目の故郷である「子育てをした町／愛媛県八幡浜市」が伊方原発に近いこともあり、地震の度にこのような実感を抱いていたのであり、この地で暮らす人びとの正直な思いを代弁していると思われる。伊方原発は一号機、二号機が廃炉となり、三号機も地域住民により差し止め訴訟により、現段階では稼働はしていない。瀬戸内海に面する伊方原発が事故を起こせば、四国だけでなく中国地方や九州の沿岸は取り返しのつかないことになるので、三号機も再稼働しないで廃炉となることを近藤氏たちはきっと望んでいるのだろう。

詩「神の宿る樹」では、「神が宿る樹は／小鳥たちの営みを守り抱き／未来の平和に向って育ってゆく／／神が宿る樹に触れると／摩訶不思議な感動が／旋律となって／体中を駆け巡る」と大樹を守ることは、その樹木を棲み家とする鳥や昆虫など多様な生物の命を配慮して生態系を守ることの基本だと考えているのだろう。

二章「白水仙」は故郷の植物や生物たちを記した詩二十四篇がまとめられている。詩「白水仙（別名・ニホンスイセン）」では、「亡き母が好きだった花／戦時中／モンペを穿くのが苦痛だったと告げた母／いつもロングスカートで華やいでいた母／／母が逝って十年目の冬が来た／白水仙の／可愛い花に秘められた／強く生きる／活き方は／無言で示す親の愛」という、母の存在が「白水仙」と重なり、母からの「可愛い花に秘められた／強く生きる」というメッセージを遺言のように感じている。

三章「深深《しんしん》と」十一篇は歴史や社会的な詩篇だ。その中の詩「深深《しんしん》と」では、「坂本龍馬脱藩の道に／雪が降る／／龍馬と志を一つにし／平和と平等を目差して／命を奪われた若者たちが／生まれ育った山里に／深深と雪が降る／／無言の潔癖さで／白く　やさしく　降り積もる」という、坂本龍馬はもちろんだがその他の高知の若者たちが脱藩して日本をより良くしようとした志を、近藤氏は「坂本龍馬脱藩の道」に積もった雪を踏みしめる音に聴き取ってしまうのだ。

四章「伝言」十八篇は最近の暮らしの中での心情を語ったものだ。その中の詩「伝言」では、一連目で「人生の波を乗り越えて来た女／と書いて婆と読む／その字に「ちゃん」と付けて呼んでくれる子供たちに／婆ちゃんの存在がある内に／伝えておきたいことがある」と言い、「偉い人にならなくたって／正直者で胸を張って生きてほしい／見栄など張らず／自分らしく清々しい気持ちで／明日に向かえばいい」という家訓のような表現で、最も人間として大切なことをさりげなく言い残している。

近藤八重子氏の仁淀川のほとりで真実を伝えようとする姿勢は、この地域で真摯に生きようとする多くの人びとを勇気づけるだろう。そのような故郷の水辺を愛しその生態系や地域を守ろうと生きている人びとに読んで欲しいと願っている。

あとがき

この詩集は各出版社、多くは月刊「青空」に掲載された詩の数々です。

東京都の株式会社コールサック社、大阪府の株式会社竹林館、茨城県の花話会、京都府の日本国際詩人協会、大阪府の青空会議、大阪府の関西詩人協会、大阪府の澪標総合企画、徳島県の詩脈社です。

詩を通していつも温かいお手紙と出版本を届けてくださる、青空会議の西岡明彦さま、花話会の山本十四尾さま、詩脈社の牧野美佳さま、日本国際詩人協会のすみくらまりこさま、「海馬の栞《しおり》」詩集で大変お世話になった左子真由美さま、奈良県の大倉元さま、京都市の名古きよえさま、堺市の三浦千賀子さま、総社市のくにさだきみさま、和歌山市の岡崎葉さま、新居浜市の横田重明さま。

そして『仁淀ブルーに生かされて』を出版するにあたって、以前、力強いお言葉をかけて下さっていたコールサック社の鈴木比佐雄さまに編集・出版・解説文をお願いすることにしました。

出版にあたってご多忙の中お電話をいただき光栄に思っております。

詩の世界の第一線でご活躍されておられる方たちのエネルギーはいつも新鮮で、さまざまな考え方・暮らし方・生き方がハツラツと活きていて私の体は老いていても心は青春でいられます。

ほんとうに感謝の気持ちでいっぱいです。

一秒先が見えない人生・大切な時間を『仁淀ブルーに生かされて』をお読みいただき心から感謝申し上げます。

皆様の御健康と御多幸をお祈りいたします。

二〇二〇年十月

近藤　八重子

著者略歴

近藤八重子（こんどう　やえこ）

1946 年　愛媛県宇和島市生まれ。

既刊詩集

『宇宙へのプロローグ』『心に届け母の詩』『ふたつぶの涙』

『淳朴な心で』『海馬の栞』

日英詩集

『私の心よ、鳥になれ』『Duet of Birds　鳥の二重奏』

所属

日本国際詩人協会会員

関西詩人協会会員

青空会議会員

現住所　〒 789 − 1202　高知県高岡郡佐川町乙 63 − 3

石炭袋

近藤八重子詩集『仁淀《によど》ブルーに生かされて』

2020 年 11 月 28 日初版発行
著者　　　　　近藤八重子
編集・発行者　鈴木比佐雄
発行所　株式会社 コールサック社
〒 173-0004　東京都板橋区板橋 2-63-4-209
電話 03-5944-3258　FAX 03-5944-3238
suzuki@coal-sack.com　http://www.coal-sack.com
郵便振替　00180-4-741802
印刷管理　（株）コールサック社　制作部

装幀　松本菜央

落丁本・乱丁本はお取り替えいたします。
ISBN978-4-86435-464-6　C1092　￥2000E